LE
BARREAU DE PARIS

ET LA

RADIATION DE LINGUET

PAR

HENRI CARRÉ

PROFESSEUR A LA FACULTÉ DES LETTRES DE POITIERS

———◦———

POITIERS
IMPRIMERIE MILLET ET PAIN
2, RUE THIBAUDEAU, 2
—
1892

LE

BARREAU DE PARIS

ET LA

RADIATION DE LINGUET

Un des épisodes les plus intéressants de la réaction parlementaire de 1774, c'est à coup sûr la radiation de l'avocat Linguet. On y voit en pleine lumière les intrigues et les passions de ses confrères ligués contre lui. Il y apparaît lui-même, parlant et agissant de la façon la plus étrange. A nos yeux il reste une sorte d'énigme : Est-ce un fou, un génie méconnu, ou simplement un mauvais plaisant qui se moque du public? On ne sait trop. Et peut-être d'ailleurs est-ce tout cela à la fois.

Des avocats avaient plaidé devant le parlement Maupeou, et d'autres s'y étaient refusé. Ceux qui avaient continué leurs fonctions l'avaient fait avec chaleur, affectant même, autant de confiance dans l'avenir que le nouveau tribunal. Peu leur importait, disaient-ils, qu'on cherchât à les flétrir du nom d' « assermentés », ou qu'on les traitât d'impudents et de traîtres. Ils comptaient dans leurs rangs des hommes considérables : Lambon, l'ancien bâtonnier de l'ordre ; Gerbier, que le beau monde acclamait au palais, comme Lekain au théâtre ; Linguet, une sorte d'aventurier de lettres, mais l'orateur le plus passionné qui se pût rencontrer.

En dépit de leur assurance ils eurent bientôt tout à redouter de leurs ennemis, car le parti parlementaire triompha, et les « avocats vierges », avec leur coryphée, l'emphatique Target, réclamèrent des représailles contre les « avocats souillés [1] ». Le parlement n'en voulait pas, disait-il, de violentes, mais cependant il en préparait de telles, car sur le champ il se montra disposé à établir des catégories dans le barreau. Les présidents, les gens du roi, même quelques conseillers, donnèrent à entendre qu'ils favoriseraient par des « distinctions » et des « préférences » ceux qui jusqu'au bout avaient tenu pour la cause parlementaire [2]. Il est curieux de voir le président de Lamoignon de Bàville, dont la fidélité à l'ancienne magistrature était plus que douteuse, se prononcer ouvertement pour ceux qu'il appelait les « avocats romains ». Il invita le greffier des vacations à ne distribuer qu'entre eux certaines causes ; et, quand il apprit que les « Romains » avaient refusé d'assister au banquet d'usage, avec leurs confrères deshonorés, il fit parvenir à ces honnêtes gens un panier de vins, pour qu'ils pussent, à part, boire à sa santé [3]. Enfin la basoche toujours ardente, ne parlait de rien moins que de mettre hors la loi les « fripons » du barreau [4] ; et, tout en rêvant de calmer les passions, le ministère en fut réduit à reconnaitre qu'il n'en avait pas la force [5].

Sans doute les « délinquants » se seraient défendus par leur nombre même, car on ne pouvait tous les persécuter. Mais ce fut un événement fortuit qui détourna d'eux en partie les vengeances dont ils étaient menacés. Une querelle survenue depuis plus d'un an entre l'ordre et un de ses membres atteignit, juste à point, un tel degré de violence, que la guerre des « avocats romains » et des « avocats souillés » en fut comme suspendue et presque oubliée. Linguet, attaqué par tous, attira sur sa personne assez de réprobation et de haine pour que bientôt le barreau vît en lui le seul coupable qu'il fallût à tout prix sacrifier. Il devint la victime expiatoire de la réaction parlementaire.

C'est un personnage hors du commun que maître Linguet. Fils d'un régent [6], il a fait de brillantes études au collège de Beauvais. Il ne songe pas d'abord au métier d'avocat ; il entre au service du duc de Deux-Ponts, comme secrétaire ; à vingt-cinq ans il écrit l'histoire du

[1] Bibliothèque nationale, Mss. français, 13735 (Ms. Regnaud), f⁰ˢ 99, 151. *Journal historique de la Révolution opérée dans la Constitution de la monarchie française* (Londres, 1776), 7 vol. in 12, t. VI, pp. 323, 332, 341 ; VII, p. 46. *Mémoires secrets pour servir à l'histoire de la République des lettres, depuis 1762 jusqu'à nos jours*, Londres, 1777-1789, 36 vol. in-12, t. IX, p. 170. *Barreau français, Collection des chefs-d'œuvres de l'éloquence judiciaire en France*, in-8⁰, 1822, t. VI, pp. 349, 351, 353.
[2] *Journal historique*, t. VII, p. 77.
[3] Bibl. nat., Mss. français 6642 (Journal de Hardy), f⁰ˢ 133 et 134.
[4] *Journal historique*, t. VII, pp. 14 et 15.
[5] Ibid., t. VI, p. 332.
[6] Linguet est né à Reims en 1732.

siècle d'Alexandre [1]. Tout à coup il quitte la littérature, croyant avoir découvert un secret pour fabriquer le savon de suif à froid ; il accourt à Lyon, pour s'y procurer les capitaux nécessaires ; il échoue, et revient à la littérature ; il fait des pièces pour le théâtre italien [2], écrit des brochures en faveur des jésuites. De nouveau il abandonne les lettres. Il passe à la carrière des armes : et le voici à Madrid, aide de camp de M. Beauveau. Bientôt il voyage en Hollande et en Flandre ; il y puise l'idée de son ouvrage sur les « canaux navigables. » Entre temps il attaque les philosophes qu'il traite de « fanatiques », et compose une tragédie sur Socrate. Enfin il devient avocat, mais sans cesser d'être auteur [3].

On a dit que Linguet, comme Beaumarchais, Mercier ou Brissot, fut en quelque sorte la menue monnaie de Voltaire [4]. Je lui trouverais surtout quelque ressemblance avec Beaumarchais, pour la puissance de son esprit de réclame, son génie de la mise en scène et de la publicité. Assurément comme Beaumarchais il a parfois joui d'une surprenante popularité ; et, loin de redouter le scandale, il l'a, comme lui, plutôt cherché. Il lui a disputé l'attention du public. En février 1774, l'adversaire de Goezmann était, à Paris, le héros du jour ; mais quelques mois plus tard les discordes du barreau occupaient toutes les têtes, et le public n'était plus qu'à Linguet [5].

Remontons de quelques années dans l'histoire de cet avocat, nous verrons qu'ayant déjà atteint à la célébrité il n'était pas cependant accepté par ses confrères. Ses mémoires pour le chevalier de La Barre faisaient grande sensation, et il devait quand même, pendant deux ans encore, solliciter son inscription au tableau. La protection de l'avocat général Séguier, ne le défendait qu'à demi contre les préventions dont il était l'objet. On l'inscrivait, il est vrai, mais avec cette restriction injurieuse que pendant deux ans il communiquerait ses plaidoyers à l'ordre avant de les faire imprimer.

Les avocats conspiraient pour ne point signer contre lui de mémoires, et ils cherchaient à ne pas paraître dans les affaires où il devait plaider [6]. Le procès du duc d'Aiguillon révéla ses talents hors ligne. Le coup d'état Maupeou se produisit ; et, par la force des choses,

---

[1] Cet ouvrage fut dédié au duc de Deux-Ponts (1759).

[2] Ce sont les « Filles-Femmes et les « Maris battus ».

[3] Correspondance secrète, politique et littéraire, ou Mémoires pour servir à l'histoire des cours, des sociétés et de la littérature en France, depuis la mort de Louis XV, à Londres, 1787, 18 vol. in-12, t. XIII, pp. 289 et suiv.

[4] Hatin, Histoire politique et littéraire de la presse en France, Paris, 8 vol. in-8°, 1859, t. III, p. 322.

[5] Mme du Deffand écrit à H. Valpole, le 27 mars 1774 (t. II, p. 395), à propos de Beaumarchais : « Nous ne parlons plus de tout cela ici ; je ne vous dirai pas ce qui y succède ; ce sont des riens. »

[6] Correspondance secrète, t. XIII, p. 29. Journal historique, t. VII, p. 148.

Linguet se mit à plaider quand ses confrères n'y voulaient point consentir. Il fut un des soutiens de la nouvelle magistrature. Son éloquence vive et mordante, sa souplesse. et l'extrême variété de ses connaissances littéraires jetèrent tout de suite un grand éclat sur le barreau des « assermentés ».

En 1872, le procès fameux du comte de Morangiès attira sur Linguet l'attention universelle. Il passionna les contemporains, autant et plus peut-être que ne le fit le procès Goezmann. Un officier général. un maréchal de camp, le comte de Morangiès, avait souscrit pour cent mille écus de billets, mais prétendait ne pas avoir touché l'argent. La famille des Véron lui réclamait cette somme énorme, et le poursuivait. Le public se prononça d'abord contre l'accusé. et tous les cafés et cabarets de Paris retentirent des injures prodiguées à son avocat. Morangiès, disait-on, est un fripon, et Linguet est son complice. On assurait que tous deux étaient d'accord avec les policiers, qui avaient reçu leur part des cent mille écus volés. Linguet méprisa les outrages, fit tête à l'opinion Il sut démêler les intrigues obscures ourdies contre son client, démasquer les témoins subornés, répondre à tous les libelles en maître libelliste, montrer enfin une telle confiance, un si ferme courage que beaucoup l'admirèrent. sans plaindre son client.

Voltaire intervint ; et, de même que Linguet l'avait soutenu dans la défense du chevalier de La Barre, à son tour il défendit, avec Linguet, le comte de Morangiès. Pour fouetter l'opinion il fit du procès une affaire de parti. Très adroitement il présenta la cause de l'officier général comme celle de la noblesse entière. Le public fut dupe ; nobles et bourgeois se crurent en présence ; leurs prétentions et leurs préjugés bouleversèrent tout Paris. Il fut de mode d'être du parti Morangiste ; car on ne passait pas sans cela pour gentilhomme. L'entraînement fut si grand qu'il gagna les provinces : la noblesse du Gevaudan écrivait en faveur de l'accusé ; la noblesse de la Provence se cotisait pour acquitter ses dettes urgentes. Rien de surprenant que les classes moyennes se soient agitées de leur côté, entraînées par la cabale des Véron, aussi active et plus bruyante que les Morangistes. Un arrêt semblait-il défavorable à Linguet, ses adversaires le faisaient répandre par milliers dans les lieux publics ; ils avaient des colporteurs qui criaient dans tout Paris : arrêt contre l'avocat de Morangiès ! !

Le procès, enlevé au Châtelet, avait d'abord été porté devant le baillage du palais. Il était venu ensuite au parlement. Les juges sou-

---

¹ Grimm, *Correspondance littéraire, philosophique et critique*, Paris, 1877-82, 16 vol. in-8⁰, t. X, pp. 39, 40, 84, 292, 293, 294. Voltaire, édition Beuchot, t. XLVII : *Lettre à M. de Baccaria au sujet de M. de Morangiès* ; — *Essai sur les probabilités en fait de justice* ; — *Nouvelles probabilités en fait de justice dans l'affaire d'un maréchal de camp et de quelques citoyens de Paris*, 1772 ; — *Précis du procès du comte de Morangiès contre la famille des*

verains annulèrent les billets de Morangiès, mais en lui défendant de prendre à partie ses premiers juges sur aucune de leurs procé-dures. Les accusateurs furent condamnés au bannissement. Les pré-ventions des deux partis n'en demeurèrent pas moins entières. Les uns trouvant que la réparation faite à Morangiès innocent était trop im-parfaite, les autres l'estimant scandaleuse pour Morangiès coupable ; ceux-là convaincus qu'un homme de qualité ne peut être un vulgaire voleur : ceux-ci voyant en Morangiès un gentilhomme perdu de dettes, comme tant d'autres, et prêt à tout pour se procurer de l'argent[1].

Quant à Linguet il sortit du procès grandi par l'acquittement de son client, grandi surtout par l'extraordinaire vigueur qu'il avait déployée. D'autres affaires confirmèrent sa réputation. Il donna une consulta-tion célèbre sur le divorce, fit un mémoire contre les fermiers géné-raux, défendit une protestante abandonnée par un mari catholique, un dissipateur le vicomte de Bombelles ; il fut l'avocat du prince de Ligne contre l'abbaye de Corbie, et celui de la duchesse d'Olonne contre le comte d'Oroucke. Dans un temps ou tant d'autres ne plai-daient plus, il se faisait un cabinet considérable. Il « tranchait en maî-tre » au palais et c'était là comme une revanche de ses anciens déboires. Après l'avoir injurié, le public l'applaudissait. Voltaire allait bientôt écrire : « Monsieur Linguet a les outils universels avec lesquels on fait tout ce qu'on veut, le courage et l'éloquence[2]. »

Linguet provoqua naturellement la jalousie de ses confrères, et il eut l'imprudence de prêter le flanc à leurs attaques. Brouillé avec le duc d'Aiguillon, il lui réclama des honoraires que le duc refusa d'acquitter ; et les avocats déclarèrent que la discipline de leur ordre et l'honneur de leur état ne permettaient pas qu'ils pussent jamais exiger un payement de leurs clients. Linguet soutint que cet honneur de l'ordre était pure chimère, et menaça le duc d'Aiguillon de pour-suites en justice[3]. Dès lors, selon sa propre expression, « il se forma dans la poussière du palais » une résolution secrète de le faire rayer du tableau. Sa querelle avec le duc d'Aiguillon servit de prétexte à ses ennemis ; en réalité ils lui en voulaient surtout d'avoir fait acquitter Morangiès. La masse des avocats avait pris parti pour les Véron et pour le « baillage du palais ». On sait que ce tribunal humilié par Linguet se recrutait parmi les plus anciens avocats. Pouvaient-ils pardonner à ce confrère ses violences et son triomphe ? N'avait-il pas

Véron, 1773 ; — *Fragment sur la justice*, 1773 ; — *Quatre lettres à MM. de la noblesse du Gévaudan*, etc. *Journal historique*, t. VII, p. 129 ; — *Barreau français*, t. VI, pp. 3, 300 et 301.

[1] Grimm, t. X, p. 293.
[2] Grimm, t. X, pp. 80 et 81. *Correspondance secrète*, t. XIII, pp. 80, 81. Voltaire, éd. Garnier, t. L, p. 168 (Lettre de Condorcet à Voltaire), et p. 179 (Lettre de Voltaire à Mallet du Pan).
[3] *Correspondance secrète*, t. XIII, p. 292.

démontré que leur procédure contre Morangiès était abusive et leur sentence inique? Comme avocats ils entreprirent de venger l'affront qu'ils avaient reçu comme juges. Sans doute avec son imagination ardente, Linguet grossit les faits ; il prête à ses adversaires les machinations les plus perfides. Mais il est certain qu'au palais les anti-Morangistes se liguèrent pour l'accabler. Il eut pour lui nombre de juges ; il eut contre lui le barreau et deux magistrats du parquet. MM. de Verges et de Vaucresson [1].

Dès le 2 juillet 1773, ses ennemis réclamaient sa dégradation [2] ; mais ce fut seulement le 11 février de l'année suivante qu'intervint un arrêt lui interdisant de plaider et d'écrire. Dans l'intervalle il se trouva aux prises avec le plus illustre de ses confrères, l'avocat Gerbier Comme lui Gerbier avait plaidé devant le nouveau tribunal ; mais il était anti-Morangiste, il avait pris parti pour les avocats juges du bailliage ; sa réputation n'était pas irréprochable. C'en était assez pour que Linguet le malmenât rudement. Dans un de ses mémoires il le traite de faussaire, l'accuse d'abus de confiance, et le flétrit comme corrupteur de témoins [3]. Il représente alors d'anciens clients de Gerbier, les Michelin » qui réclament à cet avocat une somme de cent mille francs. Nul doute qu'ils n'eussent fourni contre lui autre chose qu'une accusation vague : mais la conviction de Linguet se fait surtout, et sa bile s'échauffe, à mesure qu'il voit d'avantage en Gerbier un de ses plus acharnés ennemis [4].

Sur ces entrefaites il est choisi comme avocat par la comtesse de Béthune, qui plaide contre son frère, le maréchal de Broglie, pour la succession de son père, le baron de Thiers. La partie adverse ayant confié sa cause à Gerbier, le procès offrait au public d'autant plus d'attraits. Gerbier refuse de plaider contre Linguet, mais ses clients s'attachent à lui obstinément ; et de son côté la comtesse de Béthune, à aucun prix, ne veut consentir à changer d'avocat [5].

Linguet publia des « réflexions » pour sa cliente. C'était un chef-d'œuvre d'éloquence et de fureur Il y prenait à partie Gerbier, de façon terrible : « On prétend, disait-il, punir d'une exclusion infamante la vivacité d'un zèle désintéressé ; que ferait-on donc s'il se trouvait au palais un homme qui vendît toujours ses paroles, et quelquefois son silence ? Un homme qui n'ouvrît jamais la bouche qu'on ne sût

[1] *Correspondance sec ète*, t. XIII, p. 305. C'étaient les deux avocats généraux. Ils combattirent Linguet pour cause d'inimité personnelle. On ne saurait omettre de faire remarquer ce que la conduite de Linguet à l'égard du duc d'Aguillon avait d'insolite et d'impertinent. Elle fit soulever dans le barreau des éléments honnêtes.

[2] *Barreau français*, t. VI, p. 302.

[3] *Journal historique*, t. VII, p. 41.

[4] *Correspondance secrète*, t. XIII, p. 307.

[5] Grimm, t. XI, p. 30. *Correspondance secrète*, t. XIII, p. 306.

à quel poids ? Un homme accusé juridiquement d'un abus de confiance de la pluse criminelle espèce [1] ? » Les avocats qui tenaient pour Gerbier crurent qu'il resterait déshonoré s'il ne le vengeaient. Treize d'entre eux délibérèrent de dépouiller à tout prix Linguet de son état ; et quelques jours après, le 11 février 1774, il y en eut trente qui pénétrèrent dans la grand'chambre, et y demandèrent justice. L'avocat général de Vergès prononça un réquisitoire contre le dernier écrit de Linguet, et un arrêt interdit à cet avocat d'exercer ses fonctions. Ainsi condamné, Linguet plaida en opposition à l'arrêt de la Cour ; renvoyé devant l'assemblée des avocats, il défendit ses droits avec adresse, mais tout à fait inutilement. Il ne fut sauvé que par une intervention supérieure. Le conseil des dépêches suspendit l'arrêt qui le rayait, et aussi la décision des avocats [2].

Les ennemis de Linguet crurent un moment avoir réussi à le décourager. Le bruit courut qu'il allait volontairement quitter le barreau. Il devenait, disait-on, chancelier du prince de Monaco ; et sans doute il bouleverserait la principauté plus encore que Maupeou n'avait fait le royaume de France. Par avance on s'égayait des exploits du minuscule chancelier [3]. Nouvelles trompeuses : Linguet ne délaissa pas la comtesse de Béthune ; il continua de publier son *Journal de politique et de littérature ;* il écrivit de nouveaux pamphlets. Tout à coup il fit une évolution rapide ; car voyant le parlement Maupeou sur le point de succomber, il se déclara nettement contre lui. Ce fut un vrai coup de théâtre. Sans doute avec ce tribunal il perdait de solides appuis. Dans le palais renouvelé, ses adversaires allaient se multiplier, puisque les « avocats-vierges » lui reprochaient tous sa défection. Mais il devait trouver dans le parquet de l'ancien parlement un partisan dévoué, un ami, l'avocat général Séguier, et, parmi les conseillers, des sympathies plus nombreuses qu'on ne put d'abord le soupçonner. D'ailleurs ce fut surtout le public qu'il affecta de choisir

[1] Bibl. nationale, Mss. français, 6681 (Hardy), f⁰ 286. Voici une *Epigramme sur Linguet et Gerbier qui se déchirent :*

> C'est grand dommage, dites-vous,
>   Ils sont fous,
> Ces avocats de haut parage,
> Qui, dans des écrits pleins de rage,
> S'arrachent la robe et l'honneur.
> Quant à la robe, elle eut souvent pareil outrage ;
> Pour l'honneur, n'ayez crainte ; il est bien défendu,
> Linguet n'en eut jamais, et Gerbier l'a perdu.

Bibl. de Dijon, Ms. 1233 (Courtépée), f⁰ 141.

[2] Bibl. nationale, Mss. français nouv. acq. 4389 (*Journal de nouvelles du marquis d'Albertas*), f⁰ 1735. Grimm, t. XI, p. 47, *Correspondance secrète,* t. XIII, p. 306. *Barreau français,* t. VI, p. 311.

[3] Bibl. nationale, Mss. français 13735 (Regnaud), f-ˢ 55 et 56.

pour juge ; il comptait l'intéresser et le séduire. Il avait dès longtemps
beaucoup fait pour s'assurer ses suffrages : il avait flatté sa manie
frondeuse, attaquant tout ce qu'il y avait en France de plus puissant,
ministres, parlements, philosophes ; il flatta son humeur railleuse en
jetant le ridicule sur ses confrères. Il prit d'abord à partie dans son
journal ceux qu'on décorait du nom bizarre « d'avocats-vierges ».
« La virginité, disait-il, est assurément l'état parfait, mais les
casuistes les plus sévères, n'ont jamais condamné ceux qu'un
tempérament moins héroïque détermine à des unions indiquées
par la nature. » Ses confrères s'indignaient, et leur indignation
même grossissait son succès [1]. Il eut l'adresse d'émouvoir le public
en montrant les avocats et les économistes conjurés pour sa perte, tant
ses talents leur inspiraient aux uns et aux autres de jalousies et de rancunes. Ses partisans racontaient qu'en décembre 1774, vingt-trois avocats l'avaient jugé sans le citer : il était venu disaient-ils demander d'être
entendu, mais en vain il s'était jeté à leurs pieds avec des sanglots
et des larmes [2].

Il faut donner les raisons de la haine que Linguet rencontra chez
ses confrères. Elles ont été énumérées par le bâtonnier Lambon, et
par Linguet lui-même. Elles pourraient presque toutes se ramener à
ce seul fait que Linguet était plutôt un homme de lettres qu'un avocat, et que les avocats de Paris, vers 1775, furent les ennemis nés des
gens de lettres. Pris en masse, les avocats étaient alors fort en arrière
de leur temps et asservis à une foule de préjugés. Ils tenaient beaucoup à de vieilles formules dont riaient les gens de lettres ; ils véné-
raient de vieux livres dont les philosophes niaient l'autorité N'ou-
blions pas que presque tous ils écrivaient mal, ce qui mettait en
relief leur pédantisme. Or, en dépit de toutes les réserves que l'on peut
faire à l'égard de sa valeur littéraire, Linguet fut sans aucun doute
un des écrivains les plus lus de son temps, un de ceux qui exercèrent
le plus d'action sur leurs contemporains. Il passa pour un avocat de
premier ordre et fut surtout un avocat populaire La foule assiégeait
parfois sa maison, se disputant les mémoires sortis de sa main. Il
devait doublement porter ombrage à ses confrères : sa notoriété les
offusquait ; son talent lui assurait une énorme clientèle [3]. S'étant fait
le défenseur de quelques grands personnages, il était très apprécié
de la noblesse, et le bruit courait que M. de Maurepas l'aimait à la
folie. Son esprit paradoxal, ses sarcasmes et son imagination effrénée
faisaient de lui un homme si peu ordinaire que pour beaucoup il était

[1] *Barreau français*, t. VI, p. 333 (Plaidoyer du 4 et du 11 janvier 1775).

[2] Grimm, t. XI, p. 47. *Journal historique*, t. VII, pp. 79 et 132.

[3] *Mémoires secrets pour servir à l'histoire de la République des lettres*, t. VI, p. 116. Mercier, *Tableau de Paris*, Amsterdam, 1783, t. II, pp. 42 et 43.

des plus intéressants. Sa dialectique était certes plus adroite que solide, mais si elle ne persuadait pas elle séduisait. Son style descendait parfois jusqu'à la grossièreté; mais il vous remuait toujours, tant il était violent et amer [1].

Les avocats reprochaient à Linguet de ne pas aimer le droit romain, qui pour eux était la loi par excellence En dépit de ses dénégations, ils l'accusaient d'avoir écrit un éloge de Maupeou; ils lui reprochaient d'avoir licencieusement blâmé la conduite de l'ordre, qui renonçait à plaider en 1771, et repris lui-même, le premier de tous, ses fonctions d'avocat. Il n'avait pas, disaient-ils, le ton du barreau; il était prompt à jeter l'outrage aux parties adverses : il apportait à la barre une impétuosité qui blessait ses confrères [2]. On trouvera tout au moins étrange que ce dernier grief ait pu être relevé contre Linguet, alors que depuis longtemps les avocats avaient coutume d'entremêler leurs plaidoyers d'invectives et de personnalités grossières. Il est vrai que, se ménageant entre eux, ils injuriaient surtout les plaideurs. Linguet n'épargna pas plus ses confrères que leurs clients.

L'ordre se scandalisait d'être maltraité dans les mémoires d'un avocat; il se disait compromis par l'intempérance d'un homme qui pouvait lui attirer de graves affaires, comme il s'en était tant attiré à lui-même. L'ordre fouillait le passé de Linguet et les accusations ne lui coûtaient guère. Tantôt il lui reprochait d'avoir montré de l'ingratitude envers son ancien protecteur, le duc de Deux-Ponts ; tantôt il prétendait que comme secrétaire du prince de Beauveau, il s'était rendu coupable d'escroquerie; pour lui l'avidité de Linguet ne connaissait pas de bornes, et la preuve en était fournie par les scandaleuses difficultés où il se débattait contre le duc d'Aguillon [4]. Enfin Linguet avait entrepris de diriger un journal, ce qui ne s'accordait pas avec les études et les travaux réclamés par la fonction d'avocat. Voilà j'imagine le grand grief de l'ordre Linguet est un journaliste, et, comme tel, il est pour ses confrères gênant et dangereux.

A coup sûr, il a sur eux ce grand avantage qu'il peut, quand bon lui semble, user du procédé favori des journalistes, prendre le public pour juge dans ses querelles particulières. Or il leur est interdit de le combattre avec ses propres armes ; ils sont toujours contraints d'agir en corps, et pour ainsi dire officiellement. Il est bien évident qu'un corps ne peut pas s'emparer de l'attention du public au même degré qu'un polémiste habile. Pour y parvenir la passion ne suffit pas ; il

[1] Bibl. nationale, Mss français 6683 (Hardy), fo 349. *Correspondance secrète*, t. XV, p. 37. Mercier, t II, p 43.

[2] *Journal historique*, t. VII, p. 81, 83 *Correspondance secrète*, t. XIII, p. 307. Mercier, t. II, p. 41. *Barreau français*, t. VI, pp. 310 et 327.

[3] *Correspondance secrète*, t. XIII, p. 333. *Journal historique*, t. VII, p. 81.

[4] *Journal historique*, t. VII, p. 81 et 85.

faudrait une verve, un talent qu'un corps ne peut posséder au même degré que l'individu ; et d'ailleurs un corps ne risque-t-il pas beaucoup à mettre sous les yeux de tous ses dissensions intestines ? Sa situation officielle le désignant au respect, le condamne à la solennité. Chacun s'étonnera ou s'indignera de découvrir en lui ces faiblesses, ces petites passions, ces ridicules qu'on pardonne aux individus.

Le barreau de Paris dut tenir pour suspect un avocat journaliste, d'autant plus qu'il s'appelait Linguet. Mais le public fut pour l'avocat qu'il crut persécuté ; il embrassa sa cause avec ardeur parce qu'il le vit seul aux prises avec tous : il s'éprit de son intrépidité ; il redouta qu'il ne vînt à succomber ; il vit en lui l'homme qui souffrait le plus de la « honteuse dégradation du barreau [1] ». Il se demanda avec lui pourquoi il serait interdit à un avocat de diriger un journal. N'était-il pas étrangement ridicule que les avocats voulussent empêcher l'un d'entre eux d'écrire, sous le prétexte que ses travaux du palais risquaient d'être sacrifiés à la littérature ; et le ridicule ne dépassait-il pas la mesure quand c'était des travaux de Linguet, du cabinet de Linguet qu'ils avaient cet extrême souci ?

Les avocats s'étaient décidés à revenir sur l'arrêt du conseil qui maintenait Linguet en possession de son état. Ils firent des assemblées pour préparer sa radiation. Leur ennemi ne recula pas ; il écrivit contre eux un mémoire où l'on retrouvait toute sa violence et tout son fiel. C'était le *Supplément aux réflexions pour Me Linguet, avocat de la comtesse de Béthune [2]*. La bataille décisive allait s'engager. Le 22 octobre 1774, un premier coup fut porté à Linguet L'ordre défendait à ses membres de communiquer avec lui, et faisait signifier solennellement sa décision à MM. les présidents des chambres du parlement. Mais Linguet nia qu'une pareille décision fût valable, n'ayant été prise que par les anciens bâtonniers et les vingt-deux avocats qui formaient « la députation de l'ordre ». Il déclarait ne pouvoir accepter qu'un vote des avocats réunis en assemblée générale [3]. Or il y avait cinq cents avocats au parlement de Paris. Au fond, il se souciait aussi peu des cinq cents que des vingt-deux ; mais il n'était pas fâché de passionner le débat. Il aimait la lutte avec toutes ses violences et ses surprises ; et la lutte se présentait à lui dans un moment qu'il estimait favorable ; car, en demandant sa radiation, ses confrères paraissaient vouloir priver de son avocat une cliente illustre. Il s'identifia avec la comtesse de Béthune, comme deux ans plus tôt avec Morangiès. Les coups qui l'atteignaient, disait-il, étaient

[1] *Journal historique*, t. VII, p. 82 *Barreau français*, t. VI, p. 310.
[2] Grimm, t. XI, p. 20.
[3] *Barreau français*, t. VI, p. 315.

portés à sa cliente ; et de fait une grande partie de la haute société prit pour lui fait et cause [1].

La notoriété du duc d'Aiguillon vint encore servir Linguet dans sa campagne de bruit et de scandale. M. d'Aiguillon passait pour un homme fort habile et vindicatif ; il avait beaucoup d'ennemis, et en le prenant à partie, on provoquait nécessairement la curiosité publique. Il était d'ailleurs piquant de voir Linguet déchirer cet ancien client, dont il avait fait jadis un portrait si flatteur ; et l'on ne peut guère douter qu'il ait parfois rallié les sympathies de ceux qu'il avait d'abord scandalisés. C'était le duc d'Aiguillon, disait-il, qui obscurément tramait sa perte et qui, à force de perfidies, parvenait à le faire passer pour une sorte de « concussionnaire ». C'était lui qui excitait les avocats et sollicitait les juges en des affaires où il n'eût pas dû intervenir [2]. On ne sait si vraiment Linguet avait réclamé à d'Aiguillon la somme exhorbitante de cent cinquante mille écus ; s'il y avait eu arbitrage entre lui et ce grand seigneur [3] ; mais il est bien certain que Linguet tira parti de ses démêlés avec lui pour maintenir l'attention publique fixée sur sa personne. En 1784, il en devait jouer encore avec succès, et attirer au palais une multitude prodigieuse, avide d'entendre bafouer le duc d'Aiguillon, pair de France.

L'ancien parlement comptait dans son sein des magistrats favorables à Linguet ; mais il avait intérêt à laisser l'ordre des avocats exercer sur ses membres la juridiction correctionnelle. Assez disposé à faire œuvre de réaction dans le détail des affaires du palais, il ne voulait pas pourtant que tout fût bouleversé, et redoutait que l'affaire Linguet n'amenât un conflit entre les avocats et lui-même. Livré à ces hésitations, il devait rendre des arrêts contradictoires : le 11 janvier 1775, sur les conclusions de Séguier, il décida que tout ce qui avait précédé ou suivi le réquisitoire de M. de Vergès serait annulé, et il donnait ainsi gain de cause à l'irascible avocat [4] Mais le bâtonnier court chez le premier président ; il lui demande des explications sur la pensée de la cour, et M. d'Aligre, peut-être intimidé, affirme que sa compagnie n'entend point enlever à l'ordre la discipline de ses membres. Bientôt le parlement prend un nouvel arrêt qui détruit l'effet du premier et laisse Linguet sous le coup de l'interdit prononcé par les vingt-deux [5].

Une assemblée générale de l'ordre devait cependant avoir lieu, et faire du palais le théâtre d'événements invraisemblables. Un billet

[1] *Journal historique*, t. XII, p. 76.

[2] Linguet, *Annales politiques, civiles et littéraires du XVIIIe siècle*. Paris, 1777-1792, 19 vol. in-8°, t. XII, p. 333, 340, 354, 357.

[3] *Journal historique*, t. VII, p. 183.

[4] *Correspondance secrète*, t. XIII, p. 307.

[5] *Journal historique*, t. VII, p. 73. *Correspondance secrète*, t. XIII, p. 307.

circulaire du bâtonnier la fixa au 3 février, annonçant qu'elle se tiendrait dans la salle de Saint-Louis. Le 3 février, Linguet arrive accompagné par la foule de ses partisans. Au premier rang marchent la comtesse de Béthune, des gens qualifiés, comme le comte de la Tour d'Auvergne, le comte de Lauraguais, le comte du Roure, le prince de Hennin, un publiciste célèbre, le sieur Caron de Beaumarchais. Viennent ensuite des chevaliers de Saint-Louis, nombre de militaires, pour la plupart Morangistes, des gens de tout état, une armée véritable et des plus bigarrées. Il n'y avait là, disent les ennemis de Linguet que des hommes perdus de dettes, acclamant un avocat toujours prêt à prendre leur défense [1].

Avec de pareilles troupes, Linguet occupe en maître la chambre de Saint-Louis; mais quand arrivent les avocats, ils sont effrayés de voir leur ennemi prêt à fomenter une sorte de sédition. Ils lui déclarent ne pouvoir délibérer en présence d'un pareil déploiement de forces. Linguet répond que ce sont là les témoins des griefs qu'on n'a pas voulu lui transmettre par écrit. Les avocats se retirent; ils demandent asile à la cour des Aides qui, redoutant quelques désordres, refuse de les recevoir; ils ne savent où s'assembler. Enfin M. d'Aligre leur offre la grand'chambre, et pendant que la cohue des partisans de Linguet reste maîtresse de la chambre de Saint-Louis, les avocats entendent leurs commissaires résumer les griefs touchant à la probité et aux écrits de l'accusé. Ils décident de les grouper sous trois questions qui lui seront posées, et ils délèguent deux d'entre eux pour l'aller chercher. Insolent et amer, Linguet déclare que rendez-vous a été donné dans la chambre de Saint-Louis, et qu'il y attend ses juges. Une nouvelle députation l'avise qu'on va le juger par défaut, et c'est seulement alors qu'il se décide à se rendre en la grand'chambre. Les portes se referment sur lui et le bâtonnier lui demande de répondre par oui ou par non aux questions qui lui seront posées. Mais ce n'était pas l'affaire de Linguet, que tout se passât aussi simplement. Il protesta ne pouvoir répondre avant qu'on eût écarté de l'assemblée ses ennemis personnels, ajoutant qu'il y en avait plus de cent sous ses yeux; et, en dépit du bâtonnier, il prononça un discours forcené. Il atteignit bientôt un tel degré de virulence et poussa de tels éclats de voix que son parti, qui l'entendait du dehors, en fut tout ébranlé. Mme de Béthune perdit la tête, estimant qu'on égorgeait son avocat; les Morangistes enfoncèrent la porte de la grand'chambre, et des épées furent tirées du fourreau. Fort heureusement, le bailli du palais intervint et réussit à faire évacuer la salle. Mais la comtesse de Béthune s'était évanouie dans la bagarre et, sous prétexte de la secourir, Linguet demanda qu'on remît la délibération au lendemain. Les avocats

<hr />

[1] Grimm, t. XI, p. 31. *Journal historique*, t. VII, p. 84.

s'y refusèrent et, pouvant enfin aller aux voix, ils prononcèrent sa radiation. Sur cent quatre-vingt-dix-huit votants, il n'y en eut que dix pour la repousser.

Malgré tant de scandale, rien encore n'était terminé, car il fallait que la radiation votée par les avocats fût confirmée par le parlement. Le 4 février, le bâtonnier Lambon se présente devant la cour et dénonce tout spécialement « les principes erronés qui résultent » des écrits de Linguet, les fureurs qu'il exhale contre ses adversaires ; mais l'avocat général Séguier ne requiert qu'à demi la radiation, et l'on comprend facilement qu'il se contenterait de voir supprimer le dernier écrit de Linguet, le *Supplément aux réflexions pour l'avocat de la comtesse de Béthune*[1]. La cour déclare que Linguet demeurera rayé et le reçoit comme opposant à son propre arrêt (23 février)[2]. Il obtient audience pour plaider son opposition à huis clos. En lui imposant le huis clos, on voulait éviter la cohue qui n'aurait pas manqué d'affluer au palais, s'il eût plaidé en audience publique. Le premier jour il parla deux heures, et le second cinq heures Il déploya toutes ses ressources oratoires. Il mit dans le récit de ses malheurs une animation si extraordinaire qu'il tomba presque évanoui devant les juges ; puis, se relevant avec effort, il attaqua ses ennemis de la façon la plus véhémente. Il paraissait comme possédé du délire de la persécution.

Loin de se récuser et de céder la parole à son collègue de Barentin, comme beaucoup s'y attendaient, Séguier voulut encore requérir, et, dans un singulier réquisitoire, il fit l'éloge de Linguet Ce ne fut que par un retour oratoire qu'il donna des conclusions. Les juges en profitèrent pour renvoyer Linguet devant ses confrères, les invitant à le juger à nouveau (4 mars). De là fureur de l'ordre : on s'assemble ; on délibère : on émet diverses propositions ; on délègue Target chez le premier président ; on décide de ne plus communiquer avec Séguier. et quand on le rencontre au parquet, dès qu'il parle, on lui tourne le dos[3]. Enfin, il faut bien plier devant la volonté de la cour, et, le 9 mars, les avocats sont encore convoqués pour juger Linguet.

C'est alors une surprise nouvelle ; changement complet chez l'accusé. Il renie ses colères passées, il se fait humble et suppliant, il se compare à l'enfant prodigue « qui rentre dans le sein paternel. » Mais l'ordre se défie et lui pose des questions directes : N'avez vous pas écrit au duc d'Aiguillon pour une répétition d'honoraires ? Ne l'avez-vous pas menacé d'une action judiciaire ? Y a-t-il eu arbitrage entre lui et vous ? Pouvez-vous vous justifier sur les principes erronés que

[1] *Journal historique*, t. VII, pp. 90 et 91.
[2] Ibid., p. 124 et 154.
[3] Ibid., pp. 155 et 162.

vous avez tant de fois émis au sujet du droit naturel, du droit public du royaume, du droit ecclésiastique et des lois civiles? Pouvez-vous soutenir que vous n'avez pas violé, dans vos divers écrits, toutes les règles de la décence et de la modération, soit vis à vis des plaideurs, soit vis à vis de vos confrères? N'avez-vous pas comparé les parlements de France, et surtout celui de Paris, au Parlement de Cromwell? Viennent encore d'autres questions non moins embarrassantes. Linguet un peu étourdi récuse un des avocats présents et déclare avoir besoin de quelque temps pour préparer ses réponses. L'assemblée fait droit à sa demande et s'ajourne à huitaine [1]. Le 16 mars, nouvelle assemblée; Linguet parle deux heures devant ses confrères, mais il s'emporte dans une foule de digressions, évitant en somme de répondre nettement aux questions posées. En sorte que cent quatre-vingt-cinq votants prononcent encore sa radiation pure et simple. Trente et un avocats avaient voté pour le maintenir dans ses fonctions; et l'un d'entre eux avait posé ce dilemme à l'ordre : Pourquoi ne frappe-t-on pas tous les « avocats souillés » aussi bien que Linguet? Ou pourquoi, les conservant, ne lui fait-on pas grâce à lui-même [2]? Il signalait ainsi l'inconséquence des avocats qui avaient souvent affecté de poursuivre Linguet pour sa défection de 1771. Et quand le Parlement de Paris eut sanctionné la décision du barreau, une satire mit de même en pleine lumière l'inconséquence des juges. C'est une apostrophe en vers adressée à Linguet :

Tes pairs ne pouvant plus devenir tes semblables.
  Linguet, t'ont rayé du tableau ;
  Deux arrêts inconciliables,
Dont l'un met à tes pieds tes rivaux méprisables,
Et l'autre te condamne à quitter le barreau,
  Démontrent à toute la France
Que le vieux Parlement revenu du tombeau
  N'a pas encor repris sa connaissance.
Si l'on eût pu prouver au Parlement nouveau
  Une pareille inconséquence,
Tout Paris en fureur eût demandé vengeance :
  Mais les magistrats d'à présent
  Osent tout faire impunément,
Au poids de la faveur incliner la balance,
La faire trébucher au gré de leur pouvoir,
  Et, dans la même circonstance,
Absoudre, condamner, prononcer blanc et noir [3].

Le parlement avait manqué de décision. Ne croyant pas que Lin-

[1] *Journal historique*, t. VII, pp. 179 et suiv.
[2] *Journal historique*, t. VII, p. 183.
[3] Ibid., p. 222.

guet dût être exclu du barreau, il n'avait pas osé le défendre contre
le déchaînement dont il était l'objet. Il le sacrifiait à la jalousie, aux
rancunes individuelles de ses confrères. Et cependant il avait laissé
voir que ses sympathies étaient pour cet homme bizarre et jamais
abattu. Il avait associé la comtesse de Béthune aux complaisances
dont il usait envers Linguet. Aux yeux de tout Paris, cette plaideuse
défendit elle-même sa cause devant la cour ; secrètement conduite par
l'avocat que l'ordre condamnait au silence, elle tint, comme lui, le public en haleine. Devant une foule compacte, elle occupa deux audien-
ces par la lecture d'un factum ; et la cour parut se complaire dans ces
étranges débats [1].

Rayé par ses confrères, Linguet parut au comble de sa réputation.
La haute société se déclarait pour lui ; tous les oisifs de café avaient
les yeux fixés sur sa personne ; les modes même le célébraient, car
on vendait des étoffes et des bonnets à la Linguet. Ce fut pourtant le
moment que l'abbé Morellet choisit pour le persiffler. Entreprise assez
audacieuse et peut-être outrecuidante, car, une fois attaqué par quel-
qu'un, Linguet d'ordinaire était infatigable à chercher sa vengeance.
Et le vénérable docteur en Sorbonne Morellet n'était pas assez grand
maître en ironie pour pouvoir compter sur une victoire définitive. On
a pu dire qu'en publiant sa *Théorie du paradoxe* il avait fait en
quelque sorte un « vrai pas de clerc ». Linguet le lui laissa entendre
dès les premiers mots de sa *Théorie de libelle* : « Eh quoi, monsieur,
d'un prêtre est-ce là le langage [2] ? »

On ne voit pas ce que l'ordre des avocats put gagner à la radiation
de Linguet. Des rancunes et des intérêts particuliers y trouvèrent une
satisfaction momentanée et ce fut le principal résultat de longues
agitations. Quant à Linguet, en sortant du barreau, il se donna tout
entier au journalisme, et, sur le champ, il y montra autant d'âpreté
qu'au palais. Il attaqua les grandes puissances littéraires de l'époque,
l'Académie, les philosophes, la Harpe, Duclos, d'Alembert. Il publia
ses *Annales politiques, civiles et littéraires*, prit à partie la *Gazette de
France*, le *Mercure*, le *Journal des Savants*, et parla de la censure avec
une singulière intempérance, mais aussi avec un courage au-dessus
du vulgaire. Qu'on en juge par ces mots : « A Rome, c'est un domini-
cain, grand maître et grand inquisiteur du sacré palais qui tue les
idées. L'inquisition censoriale à Paris n'est pas moins redoutable
quoiqu'exercée sans scapulaire et sans capuchon [3]. » Rien d'éton-
nant que le gouvernement ait enfin mis en demeure de quitter la

---

[1] *Journal historique*, t. VII, p. 152, 153.

[2] Grimm, t. XI, pp. 29, 30, 31, 48. *Correspondance secrète*, t. XIII, p. 333 ; Linguet, *Annales*, t. XII, p. 421 (Mémoire au roi). *Journal historique*, t. VII, p. 162. Hatin, t. III, p. 331.

[3] Hatin, t. III, pp. 331, 338, 341, 347.

France un écrivain qui, tout en jouant au paradoxe, savait dire à chacun de dures vérités. Il fut de ceux qui le plus longtemps combattirent pour que la presse fût libre, et pourtant il fut un détracteur acharné des gouvernements libres. Quand il quitta Paris, par une bizarrerie nouvelle, ce panégyriste du despotisme oriental voulut habiter l'Angleterre qu'on appelait alors le seul pays libre, et ce fut à Londres qu'il se retira.

Poitiers. — Imprimerie MILLET et l'AIN.

www.ingramcontent.com/pod-product-compliance
Lightning Source LLC
Chambersburg PA
CBHW061530170626
46811CB00004B/1910